UN PAMPHLET.

PRIX : 30 CENTIMES.

PARIS,

Chez CORRÉARD, libraire, Palais-Royal, gal. de bois,

———

12 avril 1820.

UN PAMPHLET.

§. Ier.

Le Ministère dans la lune.

Cette nuit mes esprits étaient tellement frappés du tableau de *l'arbitraire* et de la *partialité*, que ce fut en vain que j'appelai le sommeil. Les prisons, les cachots, le secret, les conspirations, les machinations, les censeurs, les ministres et les espions, se présentant sans cesse devant mes yeux, me tenaient plus éveillé, je crois, que je ne le fus jamais en plein jour. La lune brillait alors de tout son éclat; de mon lit, j'apercevais en entier la pâle surface de ce globe romantique. Cette vue, sans me délivrer des sinistres pensées qui m'assiégeaient, vint y faire pourtant une sorte de diversion. Les taches qui couvrent la planète me rappelèrent les suppositions de nos savans; je mesurais des yeux de l'imagination, ces précipices que la lumière ne peut combler; j'y découvrais ces montagnes, ces mers, ces continens dont les Archimède, les Copernic, les Galilée se sont faits les patrons. De là, passant aux aimables rêveries de Fontenelle, je ne tardai pas à y voir des hommes et puis des nations, et puis des guerres entre elles, et puis des rois, et puis, autour d'eux, d'ambitieux flatteurs, et puis des chambres, et puis dans ces chambres des ultras, des

salariés ; enfin , transportant dans la lune toutes les pas-
sions, toutes les misères qui nous affligent, j'y vis bientôt
l'arbitraire, la partialité, nos cachots, nos censeurs,
nos ministres, nos espions, etc. Mais non, me dis-je
presqu'aussitôt, tous ces fléaux sont réservés pour notre
globe. Ce monde, comme on nous l'a dit si souvent,
et comme, si souvent, ceux qui nous l'ont dit se sont
chargés de nous le prouver, ce monde est une vallée
de misère : ailleurs tout est pour le mieux. Heureux
habitans de la lune, m'écriai-je en soupirant !

Comme j'achevais cette exclamation je crus entendre
un léger bruit : toutes mes terreurs se réveillèrent. Je
me rappelai que les ministres avaient promis de sus-
pendre leurs coups pendant la nuit; il était nuit, je me
crus perdu. J'écoutai attentivement ; le bruit se re-
nouvela : bientôt, j'entends près de moi une voix humble
et douce qui me disait : M. l'habitant de la terre, salut.
Je crus rêver. Beaucoup d'autres à ma place l'auraient
cru de même. Je regardai de tous mes yeux. La clarté de
la lune était assez vive pour que je pusse me convaincre,
en un moment, que personne n'était auprès de moi.
Comme je m'étais imaginé d'abord que j'allais avoir quelque démêlé avec les suppôts de l'arbitraire, il arriva que
lorsque je pus croire en être quitte, au pis aller, pour avoir
affaire à un envoyé de Satan, je me crus sauvé. La voix ré-
péta son salut. Ange ou diable, qui que tu sois, lui répon-
dis-je, salut. Quel sujet t'amène ici? que me veux-tu?
— Monsieur, je ne suis ni ange ni diable ; je ne suis qu'une
misérable intelligence bien finie, bien bornée. Je suis votre
très-humble serviteur; j'habite la Lune, la très-humble
servante de votre globe. Je viens vous prier de m'éclairer
de vos lumières; de m'apprendre comment, vous autres

hommes de la terre, vous produisez de si belles, de si bonnes, de si grandes choses. — Monsieur de laLune se moque apparemment? — Je m'en garderais bien, Monsieur; mais, avant d'aller plus loin, il est peut-être nécessaire de vous faire connaître plus au juste qui je suis, et quel est le monde d'où je viens. — Vous me ferez vraiment plaisir; j'aime les nouveautés, et, sous ce rapport, j'ai beaucoup à désirer ici. Depuis que j'ai la faculté d'apprécier ce qui se passe autour de moi, je n'y vois qu'ambition, avarice, bassesse, faiblesse, fourberie, tyrannie; toutes ces choses, dans leur nouveauté même, n'offrent rien d'aimable; mais lorsqu'elles se reproduisent tous les jours, elles deviennent très-fatigantes. Parlez-moi de la Lune, je vous en prie. — Si vous voulez de la nouveauté, reprit le *lunéaire*, je crains bien de ne pouvoir vous être agréable long-temps.

Vous savez, sans doute, que depuis toute éternité la planète que j'habite tourne servilement autour de la vôtre, et la suit dans sa marche; mais ce que vous ne saviez pas peut-être, c'est que cette servitude se retrouve à peu près chez les hommes de la Lune, par rapport aux hommes de la Terre. Nos instincts, nos goûts nous portent continuellement à vous imiter. Cette loi qui nous est imposée par la nature, a reproduit sur notre globe tous les accidens du vôtre. Les états qui couvrent la terre sont exactement représentés dans la Lune; les mêmes événemens s'y sont passés ou s'y passent; les mêmes personnages y ont figuré ou y figurent. — Quoi, interrompis-je brusquement, vous auriez parmi vous un M. P..? — Oui, Monsieur, nous vous suivons pas à pas, ou à peu près; car nos communications avec ce monde ne sont pas toujours aussi directes que celle que j'ai l'honneur d'avoir en ce moment avec vous. Cette sorte de communication ne nous est permise qu'une fois tous les cent ans ; autrement nous sommes réduits à juger par nous-mêmes de ce que vous faites et de ce que vous voulez faire ; aussi arrive t-il souvent que nous faisons tout le contraire ; quand cela arrive, il ne manque pas de se trouver parmi nous quelque idéologue, quelque philosophe qui prétend que cela est fort heureux ; mais la masse, qui ne juge jamais les événemens en eux-mêmes, et qui n'a qu'un but, afin de vous imiter, se plaint toujours de ces sortes d'erreurs. Il est donc fort heureux pour elle, par le temps qui court, que nous soyons arrivés à l'époque où il nous est permis de vous interroger ; car vos affaires sont tellement compliquées, j'oserais même dire tellement embrouillées, qu'il est probable que, livrés à nos seules lumières, nous ne saurions y rien voir. Cette complication, cet *embrouillement* est déjà cause que nous sommes un peu en arrière. J'espère que vous voudrez bien me mettre à même de regagner le temps perdu. (Ici s'engagea entre l'habitant de la Lune et moi une conversation suivie que je vais rapporter.)

Moi : Je ne pense pas, Monsieur, que vous deviez être très-pressé de nous suivre ; et tenez, franchement, je crois que vous ferez fort bien d'attendre que nous ayons résolu la question qui nous occupe : alors, peut-être, trouverez-vous quelque profit à nous imiter ; mais jusques là , je vous conseille fort de rester tranquille ; car, en toute chose, quand on le peut, il est bon de voir la fin.

L'habitant de la lune : La fin, Monsieur , n'est pas ce qui nous occupe. Jamais nous ne considérons la fin des choses ; et, sous ce rapport, veuillez bien le croire, nous sommes tout à fait à la hauteur de vos hommes d'état.

Moi : Mais, j'oubliais : de quel parti êtes-vous ; quelle est votre opinion ?

L'habitant de la lune : Je ne suis d'aucun parti, je n'ai pas d'opinion : je suis ministériel pur, simple. Depuis quelques trente ans que je figure sur la scène politique, j'ai toujours tenu au pouvoir par quelque endroit. Ouvrez l'almanach national, l'almanach impérial, l'almanach royal, n'importe à quelle année, vous m'y trouverez, et cela, je l'espère bien, sans préjudice des almanachs à venir. Aussi ne me suis-je jamais attaché particulièrement à tel homme du pouvoir ou à telle forme du pouvoir, mais bien au pouvoir lui-même; ou, si vous aimez mieux, je me suis attaché à toutes les formes du pouvoir, à tous les hommes du pouvoir, ce qui revient au même. J'ai toujours repoussé loin de moi, avec le plus grand soin, les sentimens exclusifs ; je suis, sous ce rapport, d'une incorruptibilité rare. Cette élévation de caractère, cette supériorité d'esprit m'a valu un ami bien précieux dans les circonstances où nous vivons; ce M. P., ce prodige de son siècle et peut-être aussi des siècles passés et à venir, ce grand homme enfin, se sentit entraîné vers moi par une sympathie invincible ; le ministère ajoutait alors trop d'éclat à ses brillantes qualités pour que la sympathie n'agît pas aussi puissamment sur mon cœur. Nous nous vîmes, nous nous devinâmes, nous nous rapprochâmes, nous nous confondîmes; enfin, nous ne faisons plus qu'un : je suis, Monsieur, son secrétaire intime, et c'est par son ordre que je viens sur la terre pour m'informer de l'exact état des choses.

Moi : Puisque c'est pour le compte du pouvoir que vous êtes venu ici, que ne vous adressiez-vous, Monsieur, à nos ministres eux-mêmes ?

L'habitant de la lune : C'est qu'il est fort important que je sache au vrai, ce qu'ils veulent, ce qu'ils pensent.

Moi : Je conçois : eh ! bien, Monsieur, où en êtes vous donc dans la lune ?

L'habitant de la lune : Nous avons proposé nos trois projets de loi. Nous en sommes maintenant à la discussion.

Moi : Vous en êtes au plaisant de l'affaire.

L'habitant de la lune : Oh ! oh ! Monsieur, cela vous plaît à dire ; jamais nous ne nous sommes trouvés dans une position plus embarrassante ; car enfin ce n'est pas à rédiger des lois que consiste la difficulté, mais bien à les justifier.

Moi : Vous croyez-vous donc obligé à cela ? Que ne faites vous comme nos ministres.

L'habitant de la lune : Mais qu'ont-ils fait, qu'ont-ils dit ? voilà ce que nous ignorons. Ce n'est pas que nous ne nous en soyons informés avec beaucoup de zèle, mais les rapports qui nous ont été faits offrent tant d'invraisemblance que nous n'avons pu croire à leur véracité. Par exemple, on a nous dit que votre grand ministre avait déclaré franchement que c'était l'arbitraire qu'il demandait ; cr, comme il résulterait de là qu'il se serait exprimé clairement, et qui plus est qu'il aurait appelé les choses par leur nom nous n'avons pas crû à ce rapport.

Moi : pourtant on vous a dit la vérité.

L'habitant de la lune. Serait-il possible !.... Mais on nous a dit aussi que ce grand homme avait parlé de son ardent amour pour la liberté, et qu'il en avait parlé sans rire.

Moi : C'est encore vrai.

L'habitant de la lune : Que c'était au nom de la liberté qu'il avait demandé l'arbitraire.

Moi : Jusqu'à présent vous êtes bien instruit.

L'habitant de la lune : Si cela est ainsi, tout le reste est possible.... O! profonde sagesse de la terre! comme tu te plais à confondre nos faibles esprits!

Moi : Comment, vous ne concevez pas?....

L'habitant de la lune : Non, je ne conçois pas; mais je crois, et je crois justement, parce que je ne conçois pas : *credo quia absurdum.* Mais, dites-moi, Monsieur, le peuple qui, chez vous, se dit bien informé de ce qui se passe ici, gronde et rit, menace et méprise. En serait-il ainsi chez vous?

Moi : Exactement.

L'habitant de la lune : Et vos ministres restent tranquilles?

Moi : Ils parlent; ils agissent au milieu de tout cela, comme s'ils étaient dans le désert.

L'habitant de la lune : Oh! les grands hommes! Mais, Monsieur, quand on obtient de pareilles lois, avec de pareils moyens, les exécute-t-on?

Moi : Certainement, Monsieur, qu'on les exécute.

L'habitant de la lune : Ah! par exemple, voilà qui me passe; et dussé-je vous montrer toute mon insuffisance, je vous avouerai que je ne vois pas comment chez nous, nous parviendrons à nous en tirer.

Moi : Rien de plus simple, d'abord vous nommerez des censeurs; et puis vous les mettrez à l'œuvre.

L'habitant de la lune : Vous nommerez des censeurs.
..... Cela est bientôt dit ; mais où les trouverons-nous ces censeurs ?

Moi : Dans le siècle de corruption où nous vivons, c'est une chose facile.

L'habitant de la lune : Corruption tant que vous voudrez ; mais un censeur !....., réfléchissez donc bien à ce que c'est qu'un censeur !

Moi : A la bonne heure ; mais enfin vous trouvez bien des espions.

L'habitant de la lune : Sans doute ; mais un censeur !...... réfléchissez donc bien à ce que c'est qu'un censeur !

Moi : Mais vous trouverez bien un homme qui demandera l'arbitraire, et qui entreprendra de le justifier.

L'habitant de la lune : Vous avez raison, je n'y pensais pas. Mais il nous faut douze censeurs, et jusqu'à présent, je ne vois qu'un homme de la trempe de celui dont vous me parlez. Il est vrai que si nous trouvions un censeur de cette force, il en vaudrait bien douze.

Moi : Assurément. Mais reste maintenant le chapitre des appréhensions au corps, et voilà, je vous l'avoue, ce qui me paraît fort scabreux.

L'habitant de la lune : Nous avons des soldats.

Moi : Sans doute : mais vos soldats sont citoyens.

L'habitant de la lune : Eh bien , nous ferons des gendarmes.

Moi : A merveille ; mais lorsqu'on arrache un citoyen à ses amis, à ses parens, à sa femme, à ses enfans, tout cela crie, et l'opinion crie de concert.

L'habitant de la lune : Quant à l'opinion, ce n'est

pas là ce qui nous inquiète. Monseigneur a décidé qu'il fallait mépriser cette invention révolutionnaire.

Moi : Fort bien ; mais quand l'opinion crie trop fort...... ?

L'habitant de la lune : Eh bien ?

Moi : Cela fait du bruit.

L'habitant de la lune : Le bruit n'effraie que les enfans.

Moi : Cependant, le bruit quelquefois.,..

L'hab. de la L. : Qu'annonce-t-il ? Que produit-il ?

Moi : Mais il me semble....

L'hab. de la L. : Quoi?

Moi : Peut-être je me trompe..,.

L'hab. de la L. : Croyez-vous ?

Moi : J'y réfléchirai.

L'hab. de la L. : A propos, Monsieur, que devons-nous penser d'une certaine lettre de M. le président de vos ministres? concerne-t-elle la France ou le gouvernement d'Odessa.

Moi : Je ne saurais vous répondre de rien, mais je crois qu'elle concerne la France.

L'hab. de la L. : Encore un mot, s'il vous plaît : pensez-vous, quels que soient d'ailleurs les événemens qui puissent survenir, qu'il nous reste un pouvoir, un ministère?

Moi : Certainement.

L'hab. de la L. : Cela étant, je ne suis plus en peine, Adieu, Monsieur, adieu.

§. II.

Les laquais d'un homme puissant, insultés par un étranger, ne manquent jamais d'en appeler à leur maître : Monseigneur n'entend pas que l'on batte ses gens, disent-ils ; et en effet, Monseigneur prend leur défense, lorsqu'il se croit plus fort que l'insolent agresseur : quand il est le plus faible, il se garde bien de se mêler de la querelle, et les pauvres battus sont des coquins dont Monseigneur est tout prêt à faire justice.

J'en suis fâché pour MM. de la censure ; mais le ministère, dans un article semi-officiel du Moniteur, du 10 de ce mois, vient de les placer dans une situation à peu près semblable à celle de ces honnêtes serviteurs. On a beau dans cet article, revêtir de titres honorables, entourer d'épithètes pompeuses les fonctions de la censure ; on a beau la comparer à un jury, auquel on a laissé *une liberté indéfinie, qui prononce de son propre mouvement et dans la seule inspiration de la conviction.* Ces expressions sont flatteuses, sans doute ; ce langage est rempli de politesse et d'urbanité ; mais il n'en signifie pas moins que les ministres, honteux des actes de la censure, abjurent toute solidarité avec les censeurs, et les livrent généreusement à la reconnaissance publique. Cette pensée devient beaucoup plus claire vers la fin de l'article, où l'on déclare que *si la censure des journaux est vexatoire, tracassière, ombrageuse, il y aura réaction dans les pamphlets.* Cela veut dire que si MM. les censeurs exécutent avec trop de zèle les ordres des ministres, les écrivains maltraités auront le droit acquis de dénoncer au public les vexations puériles, les basses manœuvres dont ils auront été victimes, et que LL. Exc. seront peut-être les premières à rire des petits désagrémens auxquels leurs fidèles serviteurs se seront exposés.

Il ne faut pas vouloir fausser la nature des choses, comme dit le Moniteur, et convenir que telle est en effet la situation misérable où se trouvent les commissaires chargés par le gouvernement de fonctions nécessairement odieuses. La responsabilité que les ministres déversent en entier sur les censeurs, ceux-ci la renverront tôt ou tard aux ministres; car personne ne veut ni ne doit vouloir en accepter le fardeau; et MM. les censeurs auraient beau protester de leur indépendance, et présenter bravement leurs noms aux complimens saugrenus d'un public irrité contre une loi ou des décisions absurdes, ils ne persuaderaient personne, et l'on conclurait seulement de leur aveu, qu'ils ont trouvé dans les faveurs secrètes de LL. Exc. une compensation suffisante aux railleries des honnêtes gens.

D'un autre côté, on ne peut guère savoir mauvais gré au ministère de désavouer ses subordonnés; les ministres qui disposent d'une foule de places lucratives, et du plus riche budget de l'Europe, seraient bien dupes s'ils exposaient volontairement leurs augustes personnes, lorqu'il leur est si facile de se faire assurer contre les accidens d'une responsabilité malencontreuse.

En cette affaire, comme en beaucoup d'autres, i existe donc une fiction et une réalité; la fiction, c'est que les douze hommes de lettres, promus à la dignité de censeurs, forment une véritable cour de justice, digne des beaux temps de la magistrature française, capable de résister, même aux ordres des ministres, et dont les hautes

attributions, comme l'ancienne censure romaine, pourraient influer avec le temps sur les mœurs publiques.
La réalité, c'est que tous les actes de la censure actuelle,
moins quelques vexations particulières qui pourraient
tenir à des haines ou à des irritations personnelles ; résultat
nécessaire d'une situation insupportable, seront dictés par
une volonté absolue et tout-à-fait étrangère aux censeurs
apparens : cette réalité, plus les ministres mettront
d'empressement à la déguiser, et plus le public s'obsti-
nera à y croire : la position des censeurs sera doublement
pénible, parce qu'elle réunira les dégoûts d'une servitude réelle aux dangers d'une liberté feinte ; l'attitude
du pouvoir sera doublement ridicule, parce qu'elle ac-
cumulera sur lui la responsabilité d'un despotisme à la
fois dur et timide, d'un despotisme qui veut être cruel
sans en avoir le courage.

§. III.

Quelle bizarre destinée, et que les temps sont chan-
gés ! Naguères encore nous gémissions sur l'esclavage
affreux qui pesait sur l'Espagne, aujourd'hui c'est l'Espagne qui s'indigne du sort qu'on nous prépare.

Je traduis l'article suivant d'une feuille publique de
Madrid, en date du 29 mars. « Nous venons de recevoir
les derniers journaux français ; l'horreur qu'ils ont ins-
pirée fait trembler la plume entre nos mains, et nous
avons à peine, la force de confier au papier une partie
de l'indignation dont nous sommes pénétrés. Trente
millions de Français viennent d'être enchaînés par une
loi remise aux mains de M. *Pasquier*, ministre actuel
des relations extérieures, et préfet de police sous le ré-
gime impérial. Cette grande nation qui, pendant trente

áns, versa son sang pour la liberté et pour la gloire ; cette France, qui doit à ses institutions libérales l'inconcevable opulence dont elle jouit, vient d'être sacrifiée, le 15 de mars, aux déclamations furibondes, à l'énergumène féodalité, à l'orgueil insensé d'une poignée d'anciens nobles avec lesquels s'est uni un ministère décrédité, pour conserver, quelques jours de plus, son existence éphémère ».

MM. La Fayette, Dupont (de l'Eure *sans doute*), Benjamin-Constant, Manuel, Méchin, Corcelle, Foy, Demarçay, et divers autres dont les noms seront inscrits quelque jour en lettres d'or dans les fastes de la liberté, ont combattu, avec les armes irrésistibles de la raison et de l'éloquence, la loi abominable et barbare qui autorise trois ministres à renfermer à volonté et sans les faire juger sans en instruire même les tribunaux, tous ceux que LL. Exc. déclareront prévenus de conspiration, c'est-à-dire, tous ceux qui s'opposent à leurs caprices. Mais les efforts de ces respectables défenseurs des principes ont été inutiles; car la raison et l'éloquence sont des armes sans pouvoir sur l'exécrable faction des fanatiques, qui, altérés du sang de leurs compatriotes, provoquent une réaction qui les rétablisse dans leurs droits féodaux, et oblige leurs *vassaux à battre l'eau des fossés de leurs châteaux pour que le croassement des grenouilles n'interrompe pas leur sommeil pacifique.*

Insensés ! ils ne voient pas que les premiers ils seront les victimes de cette réaction qu'ils provoquent, et qu'ils sont passés pour toujours, ces temps de misère, où la naissance était préférée aux talens, et la vanité stupide à l'illustration modeste. Mais ils l'apprendront à leurs dépens; et si l'héroïsme espagnol poussa, en 1808, le cri sacré de liberté, et contribua à renverser le premier empire de la terre, ce même cri, répété douze ans après, avec un enthousiasme dont les âmes généreuses peuvent seules se former une idée, réduira en poudre ces ministres ennemis de leur patrie, payés peut-être pour la livrer, avec leurs lois atroces, à une anarchie qui détruirait sa prospérité, et calmerait les craintes qu'elle inspire à ses ennemis.

Oui, Français constitutionnels : accablés sous le poids de nos chaînes, l'agression perfide du chef de la France nous les fit secouer naguère, et le monde délivré, bénit

nos efforts, et combla d'éloges nos sacrifices. Aujour-
d'hui, l'oppression intérieure, portée jusqu'à l'impu-
dence et le scandale, nous a réveillés de nouveau de notre
léthargie, pour n'y retomber JAMAIS! Si les ennemis de
ces principes citent quelque jour l'exemple de l'Angle-
terre, également enchaînée aujourd'hui par des lois d'ex-
ception, citez le nôtre, et, plus forts de cet exemple,
confondez les téméraires qui osent préconiser l'arbitraire
et l'oppression.

Dans quatre mois au plus tard, tout le nouvel hémis-
phère proclamera, comme nous le faisons aujourd'hui,
les noms de liberté, de patrie et de vertu; et la liberté,
la vertu, la patrie formeront en Europe un écho qui at-
terrera ces fauteurs sordides du despotisme, ces esprits
de ténèbres, agens de misère et d'oppression, dignes
de l'exécration de tous les pays et de tous les hommes. »

———————

Avant d'avoir obtenu de nos Chambres le pouvoir de
censurer les écrits périodiques, le ministère se lamentait
chaque jour sur l'absence ou l'insuffisance des lois ré-
pressives des délits de la presse : depuis qu'il est en
possession de l'objet de ses vœux, c'est-à-dire, depuis
une huitaine de jours, la législation sur la presse a repris
toute sa vigueur, et les saisies des brochures se succèdent
avec une rapidité qui fait honneur au zèle de MM. les
procureurs du roi. On a commencé par les *Lettres sur
la situation de la France;* après elles, sont venus les
Documens historiques, puis les *Rognures du Censeur
européen.* Aujourd'ui l'on m'annonce la saisie d'une
nouvelle brochure, publiée chez le libraire Corréard,
sous le titre de *Questions à l'ordre du jour.* On prétend
que l'auteur de cet écrit a trouvé moyen, dans une feuille
d'impression, de porter atteinte à la légitimité du corps
législatif. C'est bien grave; mais je crois que de mauvaises
lois sont plus dangereuses pour le pouvoir qu'une pauvre
brochure !

———————

Imprimerie de P.-F. DUPONT, hôtel des Fermes.